Terra Ausente

Título: Terra Ausente

Autor: Luís Amorim

Edição: LuísAmorimEditions

    Apartado 5

    2781-901 Oeiras

    PORTUGAL

    Internet: http://luisamorimeditions.shopmania.biz

    Email: luisamorimeditions@gmail.com

Data da Edição: Janeiro 2017

Copyright: Luís Amorim

Impressão: Lulu Enterprises, Inc.

ISBN: 978-989-8476-52-4

Colecção: Prosa de Luís Amorim

I

Terra de saída por jornada finda, trabalhada com esforço e dor no pescoço, notada quase sempre nas horas últimas da labuta pelo colectivo operário, todo ele estafado quando turno finalizado tinha hora de chegada. Naquele dia em concreto, o ânimo era moralizado pois a seguinte jornada do calendário remunerada seria apesar de folga dia estar em preparação, pormenores ultimados por operários outros que não pertencentes ao fabrico de mecânicos componentes. Apesar de folga citada, o dia tinha já ordenado a comparência de todos os cidadãos da região, o que não daria aos operários em questão qualquer tipo de escapadela para afazeres outros pensados ou sequer sonhados, pois o governo tal não permitiria. Seria bem mais importante a inauguração da cidade nova, económica e financeira, diziam os mandantes de tudo o que ocorria na zona, região densamente povoada, maioritariamente constituída por operários. Quanto aos empregados de superior qualificação, certamente um dia viriam a caminho para ocuparem os lugares seus na cidade nova, em terreno construído, acrescentado ao mar, num aterro gigantesco. Como tal foi concretizado, não se sabia com exactidão nem mesmo com suspeitas de ocasião pois dizia-se, eventualmente com rumores que os trabalhadores no tal aterro seriam provenientes de longínquas paragens, para onde regressariam findo o trabalho requisitado. O resto do dia, de descanso seria, porque na especial manhã toda a população se dirigiria à zona costeira onde o evento iria ter lugar. Em sussurros, passava-se a mensagem que importantes individualidades compareceriam para darem seus aplausos a uma notável obra de arquitectura, apregoada era pela comunicação do governo, reconhecida como oficial propaganda e que

6

então se fazia ouvir alto e bom som para que faltas de comparência fossem situações não avistadas no grande dia. Quanto ao que ainda durava, assistia com tempo ameno ao regresso de todos seus filhos da lida trabalhadora a suas humildes casas em bairros residenciais, confinados a uma periferia longínqua densamente povoada de prédios, mais em altura do que na quantidade espremida, talvez para mais gente caber na pequena área à classe operária destinada. Gonsarte era um de muitos que tomava o autocarro, o primeiro se sorte tivesse em adiantado chegar à paragem pois caso contrário esperar teria por um que o alojasse durante uma boa metade horária para se ver a cumprimentar seus progenitores, os únicos seres vivos que da sua discreta existência tinham noção, excluindo alguns colegas e superiores que não todos, por motivos estritamente profissionais. Quanto à parte emocional, parentes únicos eram os que habitavam consigo debaixo do mesmo tecto com restante família

7

desconhecida quanto à sua existência. Sua vida, rotineira era e sem grandes passeios ou extravagâncias, quase sempre ao lar confinados e debatendo o dia-a-dia, naquela ocasião com suplementar assunto na tão propalada inauguração que começaria na manhã e esperaria pela aperaltada presença dessa família e de outras, o cenário compondo para sair vangloriada construção tamanha do regime como financeira e económica conquista, simplesmente intitulada "A Cidade", tal e qual as autoridades auto-designadas como mais nobres pelos decisores cargos ocupados lhe puseram sem que houvesse qualquer tipo de frontal oposição ou mais discreta, visto tal substantivo não ser usado de comum modo nem sequer raro por ali. Depressa anoiteceu e a região apagou-se numa calma indispensável como bem lhe sucedia todos os dias sem nocturna vida que a mantivesse desperta durante umas horas mais, nunca consideradas essenciais.

II

Sol alegre, acordado quando havia movimentação dos que a caminho iam com disposições consonantes com ambiente de festa, sendo referência esta, obviamente a relativa aos que de comboio viajavam para a tempo e horas estarem no certo sítio para o momento mais aguardado do ano ou como avisava a oficial propaganda "O evento mais importante de sempre". Diversos comboios iam pelos seus pés, sem se cansarem apesar dos pesos que transportavam, não de bagagens mas de pessoas apenas e todas elas com semelhante destino. Os naturais da região onde tudo iria acontecer levantaram-se depois pois a viagem, mais curta seria, o que não poderia implicar desleixo. Com efeito, todos os residentes, homens, mulheres e animais de estimação foram sendo aperaltados com trajes dominicais, apesar de ser dia de semana, quase um feriado decretado pelas instâncias competentes para o efeito. Quem não o podia fazer pelos seus próprios meios, tinha ajuda de parentes, vizinhos ou simples conhecidos pois a entreajuda vigorava entre os cidadãos. Na casa de Gonsarte e seus pais, ajuda suplementar, necessária não era e sem grandes demoras conseguiram arranjar-se em tempo útil de modo a serem dos primeiros para o autocarro número um a fazer a circulação de honra até ao aterro, no dia em questão já plenamente disposto a receber pedra de inauguração mais os discursos longos e fastidiosos, mas previsivelmente acrescentados com mapas, maquetas, projecção de filmes promocionais, antevendo cidade de progresso e desenvolvimento, uns diziam, e mais do mesmo, pensariam outros. O aterro protegido estava com alto gradeamento para manter a surpresa por tempo adicional, sorrindo este à expectativa crescente, só sendo revelado na sua totalidade quando algum tiro de partida ou oficial anúncio desse indicação de se estar perante a hora do início das cerimónias protocolares, que não se sabiam ao certo quanto iriam durar, se breves instantes ou horas intermináveis de pé pois assentos colectivos certamente ficariam de fora da ementa principal, apenas servida às entidades oficiais e seus ilustres convidados. Mas quando fosse a tal hora, ao segundo exacto antecipadamente planeado, um gigantesco portão correr-se-ia de forma lateral, revelando a abrangente entrada por onde todos, ordeira e civilizadamente, dariam entrada. A estação ferroviária longe não era e muita gente dirigia-se a pé para o pré-recinto enquanto automóveis que na região só eram propriedade da comitiva oficial do regime, colocavam-se em fila, na qual individualidades representativas de regiões outras também ocupavam o seu lugar. Os futuros quadros, mesmo superiores, que iriam povoar "A Cidade", chegavam igualmente a pé pois vinham de longe, recrutados de forma incógnita. Na região, havia só uma empresa, pelo governo gerida e na qual, quase todos os residentes lá trabalhavam. Quem não tinha essa oportunidade, vivia dependente de terceiros, fossem eles familiares ou o próprio governo. Este já lá se encontrava na íntegra, todo dentro de vários automóveis, do qual saiu o primeiro, naturalmente do carro mais próximo do grande portão, pronto para um compasso de espera pois havia ainda gente a chegar. Mas quando já não se avistava vivalma em pose atrasada, o chefe de governo, colocou a sua em jeito de observado ser por todos, num improvisado palanque, para um curto discurso de antecipação, o qual foi de facto útil apenas para a expectativa crescer ao revelar o que se iria passar e do que consistiria o resto da manhã na oficial cerimónia de inauguração tão desejada. Portão iniciado na tarefa sua e eis que o aterro ficaria pronto a ser colectivamente vislumbrado.

III

Portão em retirada de cena planificada desde tempo distante por orgulhosas mentes que, em silêncio, aguardavam pelo momento previsivelmente belo, onde "A Cidade" começaria a ser prometedora realidade. Mas ainda o pano não havia sido corrido na totalidade pelo motivo do portão encontrar-se, à altura em andamento, já o cenário aterrador parecia, deixando estupefacta a gente em aglomeração atónita por aterro qualquer não estar visível. Mas apenas se via numa curta extensão de metros, à qual se seguia um escuro nevoeiro, apresentado sem boas-vindas mas com vasta surpresa. O aterro onde "A Cidade" iria desenvolver-se, crescendo de forma rápida, assim tinha sido dito como garantia de estado, não estava mais pronto, muito menos arranjado e expectante para a inauguração com pompa e circunstância. Houve quem gritasse, certamente esperando não ser identificada, a certeira expressão «A terra está ausente». Ficou a gente toda sem saber o que pensar, se valeria a pena ir pelo mar fora à procura dela ou gizar plano mais elaborado por pensado com outra ponderação. Alguém das entidades oficiais ordenou a imediata dispersão e sem discussão para as respectivas casas, ordem essa que foi acatada com o natural conformismo que era usual por paragens aquelas. Os decisores da região continuaram na zona «Onde o progresso iria surgir», queixando-se da pouca sorte ou falta dela num momento tão decisivo para o futuro colectivo. Os convidados recém-chegados continuaram por terrenos surpreendidos com todo o aparato que teve o desfecho mais imprevisível que se poderia supor, alguns pela sua estatura mediática, à conversa com os dignos anfitriões na zona onde tudo se passava e na qual nada ficou como seria expectável. Houve quem se prontificasse por imediato mergulho, indo procurar por vestígios esclarecedores do que poderia ter acontecido, tendo havido aval para investida proposta, rapidamente mergulhada «Nas águas que estão geladas em demasia», sucedendo o regresso a terra quanto antes sem nada de novo para ser reportado. Solução única, dispersão sem contestação dos presentes, ainda em número apreciável por quem tratava desse registo, disfarçado desse modo para plantar-se ali como agente da social comunicação e diversos eram eles e algumas elas, quais agentes infiltrados que permitidos seriam não caso as autoridades soubessem de antemão os concretos propósitos das visitas em questão. Pareceram longos os tempos de evasão mas não o foram de facto, aquilo na perspectiva dos agentes de todos os ofícios necessários ou colados na situação que iria decorrer. Beira-mar vazia sem a terra que se contava pelos demais que depressa recolheram aos gabinetes para delinearem estratégias de actuação que se pretendiam urgentes enquanto quem de fora aparecera, regressou conformado e devidamente indemnizado, ainda que apenas no preço do bilhete que diferia consoante o destino das pessoas visadas. «Pelo menos sairá nada na imprensa de fora porque a de cá nem sequer existe.» Mas algumas individualidades que já iam no comboio de volta pensavam diferente e prometiam a si mesmas que agir teriam, sendo rigorosas e em nada complacentes com o regime que vigorava no local onde haviam estado para uma sumptuosa inauguração, com garantia de banquete posterior, o qual não chegou aos seus olfactos. «Terra desaparecida» e «Terra ausente na inauguração» foram outras expressões ditas no calor da ocasião e que, sem margem para dúvida, iriam ser escritas e comunicadas nos meios adequados, com o acrescento do tal nevoeiro denso.

IV

«A senhora está a chegar.» Governante aprontando-se depois de recado dado por secretária anunciando Sofieval, a perita contratada para o serviço inadiável «A ter lugar quanto antes», ouvido perfeitamente pela jovem com cerca de trinta anos, longos cabelos ondulados a condizerem na perfeição com seus olhos castanhos. A reunião fora breve, contactos já haviam sido feitos nos dias últimos após a falhada inauguração e Sofieval, pontual foi, sem outra paragem intermédia desde a sua incerta proveniência, também para o seu pontual e breve interlocutor que lhe disse tudo estar tratado, desde estadia localizada devidamente até início de operações com auxiliares mapas do terreno que enfrentado iria ser. Passagem de Sofieval pela hospedaria, apenas para se refrescar com duche aquecido e bebida igualmente reconfortante na temperatura aparente. Em pouco tempo, encontrava-se pronta para seguir o seu caminho com os mapas que a deixaram à beira-mar, devidamente equipada com fato de mergulho. Agentes da autoridade, vários eram e receberam-na bem após a devida identificação que levou um deles a exclamar: «Então é a especialista!» Sofieval deixou a sua mochila a salvo de eventuais investidas salgadas e lançou-se sem hesitação à água. Continuava a haver nevoeiro e o recinto que a acolheu, demasiado frio se fazia suposição mas ela só regressou quando achou que já sabia o necessário. Percorreu metros vários para o lado onde agentes não faziam do terreno cobertura, parecendo fitar o horizonte, talvez procurando algo, até avistar atrás de conjunto de árvores alguém à primeira vista escondido, mas com a crescente aproximação, constatado foi que ocultado se encontrava apenas de peixes. A cana, sofisticada não era e provavelmente o dia inteiro passaria sem resultados apresentar, os quais facilmente eram conferidos enquanto se apresentava, retribuindo o sujeito com «Gonsarte, pescador de dominical momento, apenas esporadicamente.» Também ocasionalmente era ela, mergulhadora especialista, dirigindo a conversa para o ocorrido mais atrás, mas que não forçaria seu parceiro de conversa a longas buscas na memória, a qual recente mantinha como "Terra ausente" catalogada. «Sem explicação, apenas lhe digo que ninguém a tem para o sucedido», interrompendo ela com «Explicações sempre haverá para o tudo», que se não o deixou convencido, pelo menos intrigado conseguiu Sofieval com intervenção sua. Acrescentado foi que nova era ela mas tinha já experiência de terreno, actuando onde preciso tinha sido e sempre com explicações concretas, pelo menos do seu ponto de vista. Estava ali para colaborar com o governo, mas barca não havia disponibilizado para a sua missão ir mais além do que a berma sem conhecimento de causa nem sequer com suposições lançadas para terra. «E aquilo a vir em direcção nossa, o que é?» Naquele instante, Sofieval efectivamente surpreendeu-se pois um pequeno barco era, quase a estar ao alcance deles, chegando por entre o nevoeiro, sozinho e com remos no seu interior, parecendo pedir companhia no exacto instante em que encostou à berma com estupefacta precisão como se tivesse dentro de si o mais experiente dos comandantes. «Convite parece ser e como aqui vim à procura de respostas, pensar duas vezes não irei pois será tempo perdido, havendo muito por esclarecer para lá do nevoeiro. Sem dúvida que barco este veio mesmo a calhar» e portanto entrou com prontidão, motivada para começar a remar mas não sem antes lançar desafio a quem continuava boquiaberto: «Quer vir comigo?»

V

Vida rotineira, a dele, ficando para trás à medida que o barco avançava por entre o nevoeiro, ambos remando com o vigor posto na vontade de algo importante poderem encontrar, caso fosse pensado ser possível tal façanha no meio daquelas meteorológicas condições. Mas eles tinham tal vontade, ou melhor supondo, teria ela de sobra pelos dois, quanto mais não fosse por ter vindo à região em questão com sua apontada missão que ia registando numa espécie de agenda, momentos esses onde uma curiosa desaceleração ocorria, não sabendo Gonsarte os motivos daqueles apontamentos mas prosseguindo com empenho cada vez mais intrigado. Apesar da continuidade num ambiente que se assemelhava a uma desportiva prova, totalmente focados no avançar com força, determinação e concentração, excepto para os referidos apontamentos pontuais, os quais ela não quis esclarecer, não deixaram de notar a presença por perto de ilha, avançando para trás. «Ou pensando melhor, imóvel, pois nós é que viajamos a grande velocidade.» Independentemente das opções pensadas, não deixaram de fazer uma mudança de rota que contemplava uma chegada à ilha, a qual, à medida que ficava cada vez maior, era percebida como vazia, o que não faltou como escrito adicional na agenda antes citada, tal como ia sendo em interior voz por Sofieval, recuperando o que fora escrevendo desde o começo de viagem de barco. Ilha gigantesca, comparada com a impressão primeira e a dupla já em terra, numa área desprovida de cultivo ou formas de vida, antes parecendo um aterro. «A parte que se soltou da vossa região, a terra ausente, como foi dito pela imprensa internacional. E repare como ela parece andar.» Ele não possuía tal perspectiva, mas o barco que permanecia imóvel, para trás ia ficando, parecendo cada vez mais solitário depois de sua tarefa ter cumprido com distinção. A caminhada era outra e a jornada não parava, conquanto ao longe avistava-se um ponto que crescendo ia e o nevoeiro recente parecia ter-se ausentado, sem admissão pela ilha flutuando como tema outrora ausente, com presença efectiva dirigindo-se a ilha outra, aumentando a olhos vistos, também eles admirados, mais os de Gonsarte do que os de mulher dita especialista por personagens não convidados para cena que ia navegando. A ilha parecia ter comandante a bordo exactamente como o barco na sua solitária viagem até ter feito o recolher dos tripulantes da ocasião. Para trás haviam ficado outras ocorrências, coisas e lugares, sem barco à vista nem região que se perdera com seu nevoeiro, ausentes como agentes perdidos que nem descortinaram a saída de terra do par caminhando pela ilha, aterro acrescentado para o desenvolvimento. «Assim disseram eles. Mas você, para o governo trabalha ou será por conta própria?» Nem tudo o que parecia e poderia considerar verdadeiro pois, por vezes, o verbo infiltrar fazia todo o sentido e isso para que o direccionado sentido de certas acções resultassem em eficazes desfechos. Com esse objectivo, ali avançava ela ao sabor da velocidade imposta pelo gigante barco, improvisado mas eficiente «Pois será naquela ilha que iremos parar, disso estou convicta», continuando o seu processo de anotações que já não eram totalmente curiosas, antes fazendo parte da paisagem para quem conformado seguia sem possibilidade de impor decisão outra por vontade que tivesse de voltar para trás. «Garanto-lhe que não é o caso, tenho tanta curiosidade em chegar lá adiante como sucede consigo.» «Curiosa não estou, sinto-me na verdade impaciente pelo fim desta viagem.»

VI

Ilha à mercê e ancoradouro que lhes sorriu quando imóvel o aterro ficou. Exploração iniciada para o interior de pequena ilha, pelo menos assim parecia, mas rapidamente com aparente comité de boas-vindas, nas pessoas de indígenas ou demasiado parecidas para permitir semelhante confusão. O chefe, na suspeita de Sofieval, aproximou-se e revelou que aguardados eram os estranhos, recebidos como se afinal conhecidos fossem «Ou não estivesse o barco a vós destinado. Quanto à terra que a nós regressou, assim teria de ser, por magia ou do que o meu povo se lembrou para eficaz receita.» O aterro era zona de cultivo, destruído pela ditadura com o intuito de edificada ser uma cidade financeira, ainda com a pretensão de mais espaço ser subtraído na ilha para o que mais fosse preciso para o urbano progresso em detrimento do rural sustento, com silenciados indígenas, «Presos lá longe de onde vocês vieram, líder incluído que eu apenas transitório sou.» Sofieval já suspeitava, havia feito trabalho de casa e surgira por paragens aquelas como espia na oportunidade primeira que teve de interceptar comunicações para o exterior do ditatorial governo. «Estou aqui para ajudar e as unidas nações contactarei para o pronto auxílio no imediato pois eles por perto encontram-se. Mas mostrem-nos mais da ilha.» Gonsarte admirado estava mas rapidamente se esqueceu desse estado de ânimo quando viu zonas mais da ilha, com diminuto cultivo, «Destruído para matar à fome este povo.» Era Sofieval a pensar alto e a enviar mensagem a destinatário que só ela saberia qual mas que os restantes deduziam sem dificuldade. «Faremos o que for possível para o restabelecimento da paz, ou melhor, para a implementação dela.» «Nunca vimos paz por aqui e só pretendemos ter direito ao nosso espaço, cultivando e pescando, e sem presos lá onde não os poderemos ir buscar.» Eles seriam salvos, garantia da agente, assim identificada aos olhos de Gonsarte, dupla agente com os rostos que necessários fossem para a missão bem cumprida ser. Sofieval apercebeu-se da observação interior e sorriu-lhe. «O nosso propósito é a paz sem concessões, por mais longínquo que seja o território em questão e dou a cara e o meu empenho com a maior das felicidades.» Tudo visto e hora de regresso para a zona de nevoeiro, parecendo querer ocultar algo, saída talvez daquele espaço, mas descurado certamente ao redor da ilha indígena. Barco cedido para a viagem na volta bem encorajada pelo afável povo ainda há pouco em presença e durante o vigiar sempre por perto nos pensamentos trocados e diálogos poucos, parecendo haver algum embaraço em Gonsarte, talvez porque desconhecia perante quem esteve ele durante tempo tão largo. «Já tenho experiência neste tipo de assuntos mas apenas nos bastidores, este é o primeiro trabalho no terreno e se mais não houver isso significará que tudo estará bem e intervenção externa em prol da paz não se justificará.» Gonsarte continuava a fazer-lhe perguntas, às quais ela ia respondendo. «Ocupação sempre terei, se missões no terreno não existirem, os bastidores que há pouco referi receber-me-ão de braços abertos pois aí muito haverá por fazer. Se paz houver por todo o lado, teremos que a manter e lutar por ela com afinco pois todos acreditamos que o mundo será bem melhor se ela for o único desígnio. Mas também poderei tentar outras vertentes em estreita colaboração com as autoridades que sejam de bem, naturalmente.»

VII

Tudo correra bem até ao desembarque e sobretudo após essa operação que não convinha suspeitas levantar perante possível interrogação de guardas mais zelosos sobre tarefas náuticas não definidas previamente. Cumpridores todos eles seriam e caso suspeitassem de algo não autorizado, denunciariam sem contemplações de espécie alguma. Gonsarte seguiu rumo seu com cana de pesca sem esquecimento que fosse comprometedor e sem intersecção com oficiais que receio nele provocassem. Sofieval relembrava certos trechos da viagem à ilha e seu regresso, enquanto esperava ser recebida por entidade oficial na pessoa de secretário ocupado em demasia pois tempo muito fazia enquanto ela aguardava com paciência a perder sua disposição de forma progressiva, para não dizer exponencial cuja entrada deu-se minutos mais à frente, com ela sentada numa outra disposição relativamente à posição corporal. Uma porta abriu-se, parecia que seria dessa vez que poderia ser recebida mas a suposição revelou-se falsa e ela adicional espera teve de enfrentar, incluindo sujeito que chegou e feito autoridade foi logo recebido, na urgência que ela deduziu ser conselheira de atribulações para o futuro em seguimento. E assim foi, em menos de minuto decorrido, já ela estava algemada quando dito lhe foi ser uma conspiradora do regime. Provas não houve nem precisas seriam para o que era prática comum naquele local, onde surpresas não haviam nem mesmo quando viu passados longos minutos o destino que a aguardava: a cadeia oficial, onde certamente indígenas encontrar-se-iam bem guardados. Uma cela para si houve, sem companhia por perto e viu-se isolada sem direito ter a defesa própria como normal seria em região de democracia instalada. Pela noite esperou e só aí actuar resolveu, pela certa, pois removendo a sola dos sapatos tinha a emergência anteriormente planificada com o necessário à ocasião. O guarda chamou, dizendo sentir-se mal e no momento adequado, dominou-o com uma pequena pistola que o forçou a ir buscar a chave. Não demorou muito para se verem em posições inversas, com guarda amordaçado nos pés, mãos e boca. Pela janela, escalada ela fez, no sentido inverso, descendo até com um certeiro golpe deixar inconsciente outro guarda ali por perto. Faltava percorrer o pátio até à saída onde guardas por demais mal estariam, defendendo aquele espaço com unhas, dentes e armas em perspectiva nada amistosa. Com a sua aproximação, viu que eram dois, que de imediato aperceberam-se poder andar alguém por ali. Conseguiu atingir o primeiro, o que projectou o segundo homem mesmo à sua frente, com arbustos de permeio. Ele começou a disparar com sua silenciosa amiga mas Sofieval ia afastando-se enquanto arbustos haviam para a cobrir. «E agora que não tens mais protecção para te esconderes?» Sofieval respondeu com disparos que pólvora não tinham, antes uns substitutos perfeitos para deixarem inconscientes pessoas indesejáveis para sequer se ter um diálogo. E assim era pois seu desígnio passava por jamais tirar vidas humanas ou não fosse ela a agente da paz. Saiu do recinto e dirigiu-se para o centro onde o avanço de blindados e demais cavalaria artilhada já progrediam com uma missão bem estudada e pronta para execução.

VIII

Parceiros unidos, avisados de antemão como nações prevenidas representadas por perto e prontas para a intervenção, nocturna para melhor eficácia que ia sendo relatada a Sofieval com pormenores concludentes no domínio territorial que garantidamente estava em marcha como pacífica revolução que virava a cena política do avesso, recebendo a democracia e promovendo a paz com a inevitável retirada de cena dos anteriores protagonistas que dominados estavam e com guia de entrada na justiça que tardou e muito mas «Finalmente chegou», dizia o capitão de serviço, comandando o avanço para a final tomada de posição na cadeia que faltava para o democratizar ser em pleno. Nem um tiro necessário foi como disparo de alerta, muito menos para o controlo da situação e próximo do fim, com sucesso total, estava a missão a que se propuseram, há muito tempo iniciada com as primeiras suspeitas, mas só naquele dia concretizada. Sofieval tinha sua tarefa cumprida e aos seus provisórios aposentos regressou para completar a dormida tão desejada e merecida. Igualmente justa ou mais ainda, era a vida na região que livre na íntegra começaria quanto antes, indígenas libertados e em paz vivendo mais o regresso da oposição ausente em terra segura, lutando pelos seus ideais, alertando para o que se ia passando na região, a qual muito apostou na criação da tal cidade, a ser construída às custas de terrenos alheios, à força subtraídos, mas que só trariam o progresso aos bolsos dos acostumados a vê-los bem cheios. Isso mesmo era conferido nos ministeriais gabinetes responsáveis por essa área, com relatório feito na ocasião em duplicados diversos, um dos quais, a Sofieval viria a ser entregue no seguinte dia para que também ela ficasse a par de toda a amplitude corrupta na região que não olhava a meios para se engalanar de vistosas posses, partilhadas por toda a camarada gente que alegremente seguia a ditadura com cheios interesses nos seus ânimos bajuladores e o que mais preciso fosse para não saírem da prometedora linha que tudo lhes trazia. Tempos bons para tal gente, mas com fim marcado e até anunciado quando sectores estratégicos na totalidade estavam controlados e conformados com dada informação a relembrar-lhes que o colectivo era de todos e para ser desfrutado não apenas por alguns mas sim pela população inteira. Os indígenas de nada sabiam, por enquanto, mas nas horas diurnas que chegariam mais tarde, receberiam boas-novas, até com presenças saudadas como se festa houvesse para a celebração definitiva do sossego implementado como paz abençoada na crença há muito praticada, fosse em rezas oficiais ou mais alternativas como feitiços chamados a darem seus contributos sempre que necessário. Gonsarte também iria ser convidado por Sofieval e havendo surpresa por ela aparecer à sua porta, naturalmente que só poderia afirmar que tudo sabia ela ou não fosse elemento altamente preparado como agente quase secreto com sotaque no feminino e charme constantemente pronto para suas acções despercebidas passarem. «Ou talvez não» iria dizer ele como aviso às futuras missões «Caso elas surjam», expressão que ela não concordaria pois o feminino encanto faria sempre parte dos seus planos e disfarces auxiliares na melhor conduta para levar a bom porto a sua missão única «Na forma da paz universal.» Mas enquanto a manhã não chegava, só lhe restava ir descansando e quiçá sonhando com desfecho a preceito.

IX

Manhã de festa na antecipação de almoço em indígena ilha com posta mesa para gente bem-disposta com especiais convidados nas pessoas de Sofieval e Gonsarte, bastante satisfeitos por constatarem que o cultivo fora retomado «No ontem iniciado», expressão dita em vez segunda para haver demonstração da alegria que comum era naquele povo, simples e de bom trato, apenas em paz querendo viver. Mas convidados outros presentes estavam, a tempo libertados como presos políticos que deixaram de o ser para finalmente se juntarem à sua gente. Na terra do outro lado do mar, a metrópole outrora ditadora e candidata a sair do isolamento com a falhada cidade financeira encontrava-se, na altura, pronta para tal saída mas pelo motivo de finalmente a democracia conhecer com regresso de anteriores proscritos e liberdades finalmente concedidas a quem enclausurado vivia por perigoso ser considerado pelo antigo regime. A transição ainda se fazia, supervisionada por equipas externas de união conseguida com apoios diversos de outras terras, que há muito sabiam de tal região e o que nela se passava com o que no seu interior não se verificava. Hora era de novo rumo começar a ser delineado, tanto nessa parte como na ilha, onde «Agora é tempo de festa!» era frase que se lia nos rostos dos nativos sem miopias em presença. Tudo era claro na ocasião e nevoeiro já não se avistava junto à costa onde dantes percebido diariamente «A gente o sentia, mesmo por aqui.» «Agora, como existe paz límpida, claramente o nevoeiro já não precisa de ocultar seja o que for, pois em conjunto poderemos trabalhar com orgulho que nos vejam e saibam que terra nossa, acolhedora e muito, o é sem dúvida alguma.» Frase lida por Sofieval dando voz a um dos representantes interinos da chefia que em missão se encontrava lá longe «Mas bem perto de nós, palavra de chefe indígena. Que o almoço começe!» E durou longas horas, todos bem esfomeados e com fome de paz duradoura conforme se ouvia nas conversas, sobretudo pelos que calados iam comendo e bebendo. Sofieval e Gonsarte aproveitavam para se conhecerem melhor, mesmo sabendo que suas vidas provavelmente seguiriam em locais distantes, pelas missões «Que poderão surgir mas quem sabe, regressarei aqui como terra sempre presente na minha memória que não se cansará de a rever.» Durante a parte da tarde iria conhecer os pais do seu novo amigo e continuar uns dias mais pela zona, descansando e passeando, obviamente acompanhando a transição pacífica, não só do poder como também dos costumes da população local. Ele bem quis conhecer a história dela, aquela que para trás ficara antes do seu aparecimento tão bem-vindo mas ela escusou-se a acrescentar factos e datas que revelassem o seu passado. Gonsarte aceitou e não mais ele iria insistir nesse tópico de conversa com «Secreta agente até nos diálogos» pensou ele, ainda assim bastante satisfeito pela companhia que iria ter no resto desse dia e nos seguintes num clima mais propício para o fortalecimento de uma amizade, numa terra que passaria a constar do roteiro de visita de Sofieval, mesmo que impossibilitada de marcar presença física. «Para se estar num lugar ao qual temos grande afecto, basta pensarmos com muito carinho e será como uma viagem feita num ápice, fruto de magia até região sempre presente na mente como terra nossa.»

X

«Terra ausente enquanto a democracia não estava presente pois quando o aterro regressou definitivamente ao seu local, a situação começou a mudar com o contacto que Sofieval estabeleceu, o prólogo para o virar de cenário na chegada da democracia. E com essa terra no seu *habitat* natural de pleno direito, em estado de direito finalmente emergiu sem maldade dominante, a existente julgada com regras e sentenciada com justiça eficaz e justa. Agora, ausente é a ditadura, nunca mais bem-vinda à região que já olha com mais consideração para a comunidade indígena, lá na ilha distante, mas com vastos recursos, assim deixem trabalhar os seus irmãos. Sim, porque quer a terra principal como a ilha, antes acessória, são duas partes de um todo, onde os residentes num lado e no outro são todos irmãos, uma só família e assim

41

mesmo terão de conviver em prol do bem colectivo. Com este como meta, a abertura ao exterior e o seu afluxo turístico será possível, acredito, e desejável como um sonho de felicidade por concretizar. Foi uma história em boa hora contada, diariamente, no jornal e que te li, meu pai, todos os dias neste serão há muito ausente no relacionamento nosso mas que novo impulso ganhou com enredos estes a fazerem lembrar os folhetins de épocas distantes.» «Foi agradável ela ter entrado na nossa casa e travar conhecimento com agente secreta ou não, mas de simpatia cativante e energia contagiante, até comigo que já não sou assim tão jovem. Mas de ora em diante, penso que preferirei juventude mais presente e velhice remetida para o lado ausente, esperando que me ajudes a alcançar esse objectivo.» «Farei os possíveis, meu bom pai, inclusive ensiná-lo a ler para, quem sabe, em futuros enredos, fazermos conversa sobre o que cada um de nós leu e interpretou, talvez de futuras aventuras de

Sofieval na sua luta pela paz, como ela dizia, universal. Como bem afirmava, a missão só fica concluída quando a paz existir por todo o lado, sem qualquer excepção.» «O nome dela é que não deixa de ser curioso, Sofieval. Como foi que surgiu tal identificação?» «Não disse mas como esta foi sua primeira intervenção no terreno, ela quis ter um nome provisório e no futuro próximo, numa eventual missão número dois, já responder por um definitivo que, parece-me, é mesmo o seu nome desde a nascença.» «E qual é esse nome, tem algo de Sofieval presente?» «Sim, até é bastante aproximado, ela passará a responder como Sofie Valden.» «E a terra dela, afinal de contas, de onde a Sofie é natural?» «Ela não desvendou e suponho que nem pretenderá alguma vez fazê-lo. Na verdade, estou em crer que Sofie Valden pretende que sua região de nascimento seja usualmente conhecida como, em termos de mediatização, uma terra ausente.»

Índice

www.ingramcontent.com/pod-product-compliance
Lightning Source LLC
Chambersburg PA
CBHW071228170626
46809CB00005BA/1978